Angela Mackert

# Fantastik Shortstories

Bibliografische Information der Deutschen Nationalbibliothek: Die Deutsche Nationalbibliothek verzeichnet diese Publikation in der Deutschen Nationalbibliografie; detaillierte bibliografische Daten sind im Internet über http://dnb.d-nb.de abrufbar.

Erstausgabe (eBook) 2011

Copyright © 2015 dieser Ausgabe by Angela Mackert

Lektorat: Tatjana Stöckler

Cover- u. Innengrafik: Shutterstock/ justdd

Coverlayout: Angela Mackert

Printed by Book on Demand, Norderstedt

ISBN 9783738649130


www.textlustverlag.de

Angela Mackert

# Die Nacht des Gargoyles

Bisher in der Großdruck-Reihe »Fantastik Shortstories« erschienen:

Band 1:   Die Nacht des Gargoyles


In Planung:

Band 2:   Der Prinz und die Ballerina

Band 3:   Begegnung mit einem Vampir

Der Blick von hier oben reicht weit über meine Stadt hinaus. Bis zum Horizont sehe ich Ortschaft an Ortschaft gereiht, ab und zu aufgelockert durch Felder, Wiesen und Wälder. Überall in dieser Landschaft verbergen sich Geheimnisse. Nicht wenige davon scheuen selbst das sanfte Licht der Sterne. Ich könnte sie hervorzerren, doch wozu? Ich schaue darüber hinweg, lasse meine Augen lieber in die Ferne schweifen, hinaus in die Unendlichkeit. Dort befinden sich die wahren Mysterien. Meine Augen durchdringen die Sphären. Meine Nase wittert Wesen, die sich zwischen Himmel und Erde Zutritt in diese Welt verschaffen. Meine Ohren hören ihr Wispern und meine Zunge schmeckt die Absicht, mit der sie kommen. Die dunklen Geister meiden mich. Ich bin für sie gefährlich, denn durch meinen Körper fließen die Wasser der Schamajim, die sie in den Schlund ihrer Hölle zurückbefördern. Wenn sie können, gehen sie mir aus dem Weg. Mir ist das einerlei. Ich bin, was ich bin, ein Gargoyle, und ich erfülle meine Aufgabe als Wächter der Nacht.

Es ist nicht so, dass ich die Dunklen hasse. Ich befinde mich auch nicht im Krieg mit ihnen. Dazu müsste man mich auffordern. Das hat schon lange niemand mehr getan. Aber wenn die Himmel ihre Schleusen öffnen, dann spucke ich die Dunklen an. Es ist meine Pflicht. Ein alter Instinkt, der auch bei Tag funktioniert, wenn ich schlafe.

Ich schlafe nicht wirklich. Ich ruhe. Wenn die Sonne aufgeht, wird mein Körper schwer und unbeweglich. Die Kälte kriecht in mir hoch und alle Säfte kommen zum Stillstand. Ich höre auf zu atmen, werde zu festem Stein. Andere Kräfte wirken dann durch mich, ohne mein Zutun. Mein

Denken und Fühlen bleibt jedoch wach und ich bin mir bewusst, dass man mich in diesem Zustand töten könnte. Ein Steinmeißel und ein Hammer würden genügen, um mir den Kopf abzuschlagen. Deshalb ist mein Ruheplatz oben unter den Dächern des Doms. Dort fühle ich mich sicher und von den Mächten behütet.

Wenn abends die Sonne untergeht, löst sich meine Starre. Das Leben kehrt in meine Glieder zurück. Ich recke und strecke mich und würde am liebsten meine Lust in die aufkeimende Nacht hinausbrüllen. Doch ich nehme Rücksicht auf die Menschen unter mir. Um diese Zeit sind noch zu viele auf dem Platz vor dem Dom und es würde sie erschrecken. Die da unten wissen nichts von mir. Sie haben Legenden, doch sie glauben nicht daran. Alles nur Fantasie, sagen sie sich. Sie betrachten mich als Kunstwerk, von Menschenhand geschaffen. Wie lächerlich. Nur weil ein Steinmetz mir Geburtshilfe geleistet hat. Ich bin wie die Menschen lebendig, beseelt und mit freiem Willen ausgestattet, der mir erlaubt das zu tun, was ich für richtig halte. Ich sehe ein, das geht über deren Verstand. Obwohl, wenn ich an diesen alten Mann denke …

**W**ann fiel er mir zum ersten Mal auf? Ich weiß es nicht mehr. Ich erinnere mich an seine Schritte, die in den frühen Abendstunden schwerfällig über das Pflaster schlurften. Er quälte sich quer über den Platz. Nie hob er den Blick vom Boden. Alle paar Minuten stützte er sich mit beiden Händen auf seinen Gehstock. Es dauerte eine Ewigkeit, bis er das Café gegenüber von meinem Standort erreichte. Dort setzte er sich an einen Tisch. Ich fragte mich, wieso er nicht zu Hause blieb, wenn ihm das Laufen so schwer fiel. Ich konnte mir nicht vorstellen, dass er diese Anstrengung nur wegen der winzigen Tasse auf sich nahm, die ihm der Kellner halb gefüllt mit einer schwarzen Brühe brachte. Immer wieder wanderte mein Blick zu ihm hin. Über eine Stunde saß er da, benetzte ab und zu seine Lippen mit der Flüssigkeit aus dem Tässchen und beugte sein Gesicht über eine Zeitung. Er trug eine Brille. Die setzte er auf und ab, in beständigem Wechsel. Nach einer Weile faltete der Alte das Tagblatt zusammen und seufzte auf. Dieser Ton traf mich bis ins Mark – aber vielleicht nur, weil ich ihn ansah. Der alte Mann wandte mir das Gesicht zu und ich blickte in seine Augen. Sie waren trübe, wie verwaschen. Er sagte nichts. Noch nicht. Doch von da an kam er täglich.

Ich beobachtete ihn und auch er tat das gleiche, obwohl er mich sicher nur als Schatten wahrnahm. Er wollte etwas von mir, das fühlte ich. Ich wartete ab, und unvermittelt richtete er eines Abends das Wort an mich: »Warum sprichst du nicht mit mir, Gargoyle?«

Er sagte das nicht laut. Seine Lippen bewegten sich nicht einmal. Doch seine Stimme klang so klar, dass ich zusammenzuckte. Seine Finger strichen über den Tisch, griffen nach dem Tässchen, das den letzten Rest seines Getränks enthielt, und warfen es beinahe um.

»Was soll ich mit dir reden, alter Mann?«, fragte ich ihn.

Sein Kopf flog zu mir herum und sein zerfurchtes Gesicht strahlte auf, als wenn die Sterne es geküsst hätten. »Es ist also wahr, Gargoyle. Als Kind sah ich einmal, wie du dich bewegtest.«

»Es waren nicht deine Augen, die das gesehen haben«, erwiderte ich.

Der alte Mann nickte.

»Dass du lebendig bist, bedeutet mir viel.«

Ich lächelte. »Ich soll also etwas für dich tun?«

Die Hand des alten Mannes zitterte, als er seine kleine Tasse zum Mund führte. »Du bist sehr direkt.«

»Das macht dir Angst?«, fragte ich ihn.

Der Alte schüttelte den Kopf. Er griff in seine Hosentasche, zog eine Börse heraus und öffnete sie. Nur wenige Münzen lagen darin. »Ich glaube, heute trinke ich einen zweiten Espresso«, sagte er und lachte ein bisschen.

Es überraschte mich. »Eine gewagte Entscheidung, alter Mann.«

»Meinst du? Ich verzichte lieber morgen auf mein Frühstück.«

In seiner Stimme lag eine Ruhe, die mich irritierte. »Armer, alter Mann«, flüsterte ich und staunte. Sein inneres Gehör war ausgezeichnet.

»Ich würde mich nicht als armen Mann bezeichnen. Geld habe ich wenig, aber dafür andere Dinge, die mich reich machen: meine Fantasie, Erinnerungen, Fotos und Geschichten von denen, die schon gegangen sind«, erwiderte er und schaute an der Fassade des Doms entlang bis zu mir herauf.

Ich seufzte. »Und doch hast du Angst!«

Mein Blick erfasste die dämonischen Wesen, die den alten Mann umringten. Sie begleiteten ihn als dunkle Schatten und wichen nicht von seiner Seite. Einer der Dämonen hatte zwei winzige Hörner auf der Stirn und einen gierigen Gesichtsausdruck. Er war jung, gefährlich deshalb, weil er noch kein Maß kannte.

Die beiden anderen waren älter. Ich erkannte es an den Hörnern, die wie Dolche unter ihren Haaren hervorschauten.

Auch sie ließen ihr Opfer nicht aus den Augen. Sie piesackten den Alten, schürten seine Emotionen und saugten mit offenen Mündern die Energie, die daraus erzeugt wurde. Ich war mir sicher, dass der alte Mann nicht wusste, dass seine Furcht die Nahrung der Dämonen war.

Er leugnete seine Angst nicht. »Ja, Gargoyle. Ich fürchte mich. Meine Freude ist verloren.«

»Du musst die Dunkelheit aus dem Herzen verjagen«, sagte ich.

Die Dämonen hoben den Blick zur Fassade des Doms und schauten zu mir herauf. Sie fauchten mich an, riefen mir Verwünschungen zu.

Ich achtete nicht darauf, sondern konzentrierte mich auf den Alten.

Fahl und müde wirkte sein Gesicht. Seine Lippen zitterten, als wäre all seine Hoffnung bereits zunichtegemacht.

Der alte Mann senkte den Blick. »Ich weiß nicht wie«, sagte er. »Kannst du das für mich tun? Bist du nicht ein Beschützer, Gargoyle?«

»Sicher«, erwiderte ich. »Ich bin ein Beschützer, wie alle meiner Art. Aber wir Gargoyles haben verschiedene Aufgaben, jeder nach seinen Fähigkeiten. Ich selbst sehe weit über diese Welt hinaus in den Himmel. Ich achte darauf, dass im Kommen und Gehen das Gleichgewicht gewahrt bleibt.«

»Dann kannst du mir nicht helfen?« Die Stimme des alten Mannes klang brüchig.

»Das habe ich nicht gesagt«, erwiderte ich. »Hell und dunkel zugleich ist alles Leben, bis zum Schluss. Das musst du akzeptieren. Doch wo ein Tor sich schließt, öffnet sich ein anderes.«

Der alte Mann flüsterte. »An dieser Schwelle stehe ich. Mein Leben geht zu Ende. Ich kann es nicht mehr lange halten.«

»Trauer gehört zum Abschied. Angst nimmt das Bewusstsein.«

Der Alte trank einen Schluck und starrte in das Tässchen. »Mir ist, als ob ich meine Tage besser hätte nutzen sollen.«

»Wie kannst du dich dann reich fühlen?«, fragte ich ihn.

Der alte Mann dachte lange nach.

»Die Erinnerung an meine Vergangenheit hat wunderschöne Farben. Ich habe geliebt und ich wurde geliebt. Doch es gibt auch dunkle Stellen, Dinge, die ich falsch gemacht habe, und ich kann es nicht mehr ändern. Das schmerzt. Außerdem lässt mich mein Körper im Stich. Auch das schmerzt.«

»Wenn das Neue kommt, muss das Alte gehen.«

»Ich soll also alles fahren lassen? Was bleibt mir dann?«

»Die Leere, alter Mann. Sie ist wichtig!«

Er schwieg, schlang seine Hände ineinander. Die drei Dämonen rückten näher an ihn heran, griffen mit ihren Schattenhänden in seinen Leib, quetschten seine Eingeweide und walkten sein Herz.

»Was kommt danach?«, flüsterte er.

»Das, wofür du offen bist.«

Der alte Mann sah überrascht zu mir hoch. Sein Gesicht leuchtete plötzlich auf und er nickte, immer wieder. »Gargoyle, du weißt, was mich bewegt. Du siehst in mein Herz. Ich bitte dich, steh mir bei.«

Ich neigte ihm mein Haupt zu. Der Alte hatte eine Bitte an mich gerichtet, der erste Mensch seit langer Zeit.

»Ich werde kommen«, sagte ich zu ihm. Der alte Mann legte seine Hände auf eine Stelle über seinem Bauchnabel und atmete tief durch. Er schien wie befreit. Seine Aura erstarkte, hüllte ihn in kraftvolles Licht, das die Dämonen blendete. Sie schrien auf und reckten die Fäuste gegen mich. Dann stoben sie davon. Ich flüsterte. »Siehst du? So einfach ist es.«

Diesmal hörte mich der alte Mann nicht. Er winkte den Kellner herbei und bezahlte seine Rechnung. Als er ging, neigte er seinen Kopf vor mir, lächelte. »Ich erwarte dich, Gargoyle.«

**A**m nächsten Tag hielt ich vergeblich nach dem alten Mann Ausschau. Ich lauschte in die beginnende Nacht hinaus, doch ich nahm nichts Ungewöhnliches wahr. Als es dunkel wurde, erhob ich mich von meinem Lager und flog hoch in die Lüfte. Immer höher stieg ich hinauf, bis nahe an den Vorhang des ersten Himmels. Dort zog ich meine Kreise, schaute hinunter auf die Schatten der Berge, auf die im Mondlicht glitzernde See und die Lichter der Städte, die sich meinem Auge wie eine Spielzeuglandschaft darboten. Als ich das herannahende Ende der Nacht fühlte, kehrte ich zurück. Über dem Haus des alten Mannes verharrte ich einen Moment. Frieden lag darüber. Ich erreichte meinen Ruheplatz, kurz bevor die Sonne aufging und mich zur Bewegungslosigkeit zwang.

Als ich am Abend danach wieder erwachte, galt mein erster Gedanke dem Alten. Ich schaute über die Häuser der Stadt bis zu seinem Heim. Die Mauern wurden für mich durchsichtig und ich sah ihn. Er saß an einem Tisch und betrachtete alte Briefe und Fotos.

Am dritten Abend fühlte ich sofort, dass etwas anders war. Die Luft trug eine Stimmung wie an Festtagen, wenn die Orgel des Doms ihre erhebenden Klänge zu den Himmeln schickt. Ich wusste, heute war die Nacht.

Als das geschäftige Treiben auf dem Domplatz zur Ruhe kam, erhob ich mich, um mein Versprechen zu erfüllen.

Das Haus des alten Mannes befand sich in einer Gasse. Ich pustete mit meinem Atem das Fenster im zweiten Stock auf und sah ihn. Sein Körper kauerte reglos in einem alten, abgewetzten Sessel. Daneben stand der Alte in seiner neuen, strahlenden Äthergestalt. Noch begriff er nicht viel. Ich sah es an seinem Gesicht. Er starrte auf seinen toten Körper, aus dem er herausgetreten war. Dann bewegte er vorsichtig seine Hände, die durchscheinend waren, wie alles an ihm.

»Komm«, sagte ich.

»Mein Gehstock …«

»Du brauchst ihn nicht mehr.«

Er schaute mich ungläubig an, ging ein paar Schritte und fing dann an zu tanzen.

Ich lachte. »Siehst du?«

Der alte Mann ging auf mich zu, streichelte meine üppige Mähne, meine Wangen, meine Nase. »Wie schön du bist, wie weich. Nie habe ich dich am Dom in solcher Pracht wahrgenommen.«

»Jetzt siehst du das Wesentliche«, erwiderte ich. »Komm, es wird Zeit, alter Mann.«

Der Alte zögerte, schaute noch einmal durch den Raum. Sein Blick streifte jeden Gegenstand und blieb am Sessel hängen. »Was wird aus ihm?«

»Dein Körper geht den Weg allen Fleisches. Du brauchst ihn nicht mehr und es sollte dich nicht kümmern.»

»Ein seltsames Gefühl, dass ich meinen Körper nun zurücklasse.«

Er stieg auf meinen Rücken.

Ich breitete meine Schwingen aus und wir erhoben uns in die Luft. »Was willst du sehen?«, frage ich ihn.

»Alles!«, sagte er. »Vor allem möchte ich noch einmal das Meer sehen.«

Ich nickte. Wir glitten über die Stadt und ich ließ ihm Zeit. Er schaute und schaute. Unter uns glommen die Lichter der Straßenlaternen und über uns strahlten die Sterne. Die dunklen Wesen hielten Abstand. Der alte Mann wurde still. Nach einer Weile hörte ich ihn flüstern.

»Mir ist, als ob ich meine Stadt nie wirklich gesehen hätte. Der Dom, das Café, die alten Häuser, die mir ihre Geschichten zuflüstern. Die Menschen, die in ihren Betten schlafen.

Habe ich ihnen zugehört? … Dort unten, unter der Brücke, dieses Mädchen. Ich bin ihr begegnet, ohne sie zu beachten. Sie friert.«

»Sieh genauer hin!«, sagte ich. Ich blieb fast in der Luft stehen und der alte Mann beugte sich herunter.

»Da sind grauenvolle Wesen. Sie greifen nach ihr, quälen sie.« Er stöhnte und verbarg sein Gesicht in meinem Haar.

»Schau noch einmal«, forderte ich.

Er zögerte, doch dann riskierte er es. Eine Weile blieb der Alte stumm, schaute, beobachtete.

Mit einem Mal sog er tief den Atem ein. »Da ist noch etwas. Licht und hell. Ein Wesen. Es spricht mit ihr, legt den Arm um sie.«

»Ein Engel.«, sagte ich.

Der alte Mann wurde lebhaft. »Er wird die Dämonen verjagen.«

Ich schüttelte den Kopf. »Das muss die Frau selbst tun. Hast du nicht auch deine Dämonen selbst weggeschickt?«

»Ich wusste nicht, dass Dämonen um mich waren«, erwiderte er.

»Du hast sie angelockt mit deiner Angst. Das nährte sie, und als du deine Angst losgelassen hast, mussten sie gehen.«

Der alte Mann schmiegte sich an mich. Seine Hände streichelten mein Haar und ich spürte, wie er lächelte.

»Du hast mir Kraft gegeben«, sagte er.

»Du hast sie angenommen. Hell und dunkel zugleich ist alles Leben.

Das sagte ich dir. Erinnerst du dich? Die hellen Kräfte stärken den, der sich dafür entscheidet, und die dunklen Mächte hängen sich an den, der es zulässt.«

Noch einmal ließ der Alte seinen Blick über die Stadt schweifen. Nach einer Weile richtete er sich auf. Er legte die Hände auf meine Stirn und lachte. »Du bist ein Engel, Gargoyle.«

Ich wandte meinen Kopf zu ihm und grinste. »Schmeichler! Du weißt so gut wie ich, dass das nicht stimmt. Wie ist es, hast du genug hier gesehen, alter Mann?«

Er kuschelte sich an mich. »Es liegt schon hinter mir.«

Ich stieg mit dem Alten höher in die Luft und nahm Kurs auf das Meer.

Städte, Dörfer, Wiesen und Wälder boten sich auf dem Weg dahin unserem Auge. Zum ersten Mal sah ich die Welt, wie der Alte sie sah, mit Staunen und Freude. Ich sah nicht hell und dunkel im gegeneinander wiegen, wie ich es sonst zu sehen pflegte. Heute nahm ich die Schönheit dazwischen wahr, vom Mond beschienene Wege, auf denen die Nachtfalter tanzten, stille Plätze, fast berstend vor Kraft und geheimnisvolle Winkel voll dunkler Schatten. Mit einem Mal erkannte ich die Wahrheit. Nichts im Universum wurde geschaffen ohne Zweck. Nichts im Universum ist je zufällig entstanden. Die Lichten und die Dunklen schaffen gemeinsam das Leben. Denn wer könnte das Licht ertragen, wenn es nicht von den Schatten gedämpft würde, und wer könnte die Dunkelheit ertragen, wenn sie nicht vom Licht erleuchtet würde?

Wir sprachen eine Weile nichts, glitten weiter durch die Luft und dann tauchte vor uns das glitzernde Wasser auf. Die Brandung tönte bis zu uns herauf.

»Hör nur, diese großartige Musik, wenn die Wasser heranrollen, und sieh nur, diese unendliche Weite, bis zum Horizont. Die Sterne spiegeln sich und der Himmel ist nah.« Der alte Mann lauschte, schaute. Er konnte sich kaum sattsehen. »Meinst du, ich könnte noch einmal das salzige Wasser um meine Füße spüren? Es ist so lange her.«

Ich lenkte meinen Flug nach unten und landete am Strand. Der Alte stieg von meinem Rücken. Er zögerte nicht eine Sekunde, sondern watete gleich ins Wasser. »Es kitzelt«, sagte er und lachte.

Wie ein Kind sprang er in die Fluten, kehrte um und ließ sich vor den Wellen ans Ufer spülen. Wasser floss durch seinen ätherischen Körper hindurch.

Dann stand er eine Zeit lang da und starrte über das Meer. Ich wandte mich ab. Dieser Augenblick gehörte ihm allein.

»Ich bin bereit«, sagte der Alte nach einer Weile und stieg wieder auf meinen Rücken. »Ist es weit?«

»Nicht für mich«, erwiderte ich.

Ich stieß mich vom Boden ab, schraubte mich in die Luft, höher und höher. Die Welt unter uns entschwand.

Der alte Mann wurde unruhig. »Was erwartet mich?«

»Das, wofür du offen bist«, sagte ich. »Denk an das Schöne, das du gesehen hast. Gleich fliegen wir durch den Vorhang.«

»Was ist der Vorhang?«

»Der erste Himmel, das erste Tor zu deinem neuen Leben.«

Allmählich erschienen in der Luft immer mehr Geister. Engel kämpften mit Dämonen. Sie maßen ihre Kräfte aneinander, ließen Blitze zucken. Keiner siegte. Keiner wurde vernichtet. Natürlich nicht. Es hätte das Universum aus dem Gleichgewicht gebracht. Ich spürte, wie sich die Finger des alten Mannes in mein Haar krallten. Eine der dunklen Gestalten raste auf uns zu und griff nach ihm. Er schrie auf. Die Dämonen ringsum lachten, rückten näher heran und suchten uns niederzudrücken.

»Was hast du gelernt, alter Mann?«, rief ich.

Der Alte atmete heftig und ich spürte, wie er sich auf das Licht konzentrierte. Ich hörte ihn beten. Die lichten Wesen lächelten uns zu. Ich bekam wieder Auftrieb.

Vor uns lag nun der Schleier. Die Dämonen drehten ab. Der Vorhang hob sich und vom Wind wurden wir durch eine Wolkenlandschaft getrieben. Der Alte hielt vor Entzücken den Atem an. Leuchtende Wesen hüllten uns in strahlendes Licht und trugen uns weiter. Ich konnte ausruhen, Kraft sammeln, während uns Sphärengesang einhüllte und immer mehr erhob.

»Was ist das?« Der alte Mann flüsterte.

Er wies auf einen rötlichen Schein, dem wir näher kamen.

»Die Veste liegt vor uns«, erwiderte ich.

Der rötliche Lichtschein formte sich zu einem mächtigen Flammentor, das sich teilte, um uns durchzulassen.

Während wir durch die Veste flogen, deutete der alte Mann nach unten. Wütendes Feuer flammte dort. Dazwischen reckten sich Berge in die Höhe, über und über mit Schnee bedeckt, der trotz der Hitze nicht schmolz.

»Sieh nur!«

Vor lauter Aufregung stieß sich der Alte den Kopf an einem der Eiskristalle, die in der Luft schwebten, und er riss mir ein Haar aus, weil er sich fest in meine Löwenmähne krallte.

»Feuer und Eis regieren hier … und ich würde meine Mähne gern behalten«, sagte ich.

»Entschuldige, aber ich höre Schreie von da unten, Kettenrasseln. Das macht mir Angst.« Er sprach hektisch.

Auch ich hörte die Stimmen. Sie schrien, jammerten, tobten. Es klang schauderhaft. Aber ich war nicht das erste Mal hier und kannte es.

»Beruhige dich!«, sagte ich. »Die Abtrünnigen können uns nichts tun. Sie werden bewacht.«

Ich deutete auf eine majestätische Gestalt, die auf den Flammen schritt, umringt von strahlenden Wesen. Der alte Mann atmete auf und hielt kurz darauf wieder die Luft an. Ein goldenes Tor ragte vor uns auf, das mit magischen Zeichen geschmückt war.

»Wir sind angekommen«, sagte ich.

»Was erwartet mich hinter dem Tor?«

»Ich sagte dir schon: das, wofür du offen bist.« Ich landete auf einem mit Blumen bedeckten Fleckchen Erde vor dem Eingang.

Der alte Mann stieg von meinem Rücken. Ich spürte, wie die Sehnsucht ihn zum Tor drängte. Doch er blieb bei mir stehen, nahm mein Haupt in beide Hände und küsste mich auf die Schnauze. Es machte mich verlegen.

»Nun geh schon«, brummte ich. »Leb wohl, alter Mann.«

Die Flügeltüren gingen weit auf. Dunkelgrüne Wälder, saftige Wiesen und Felder lagen dahinter und in der Ferne schimmerte das Meer, das der Alte so sehr liebte. Über allem lag strahlendes Licht und die Schatten gaben ihm Tiefe.

Von allen Seiten wurde der alte Mann begrüßt. Eigentlich glaubte ich, dass er sich nicht mehr nach mir umblicken würde. Doch ich täuschte mich. Wir sahen uns an und lächelten uns zu.

Dann schloss sich das Tor. Ich verharrte noch eine Zeit und machte mich auf den Rückweg. Nur wenige Minuten, bevor die Sonne aufging, erreichte ich meinen Lagerplatz unter den Dächern des Doms. Ich fiel in tiefen Schlaf.

Wochen und Monate sind seither vergangen. Wenn mein Blick durch die Sphären schweift, suche ich den alten Mann. Bevor ich ihn kennenlernte, achtete ich wenig auf die Menschen. Ich tat meine Pflicht. Ich hielt die Welt im Gleichgewicht, indem ich dafür sorgte, dass die dämonischen Kräfte nicht überhandnahmen. Heute ist das ein wenig anders. Ich erfülle immer noch meine Pflicht, aber ich sehe nicht nur Licht und Schatten, sondern auch die Facetten, die sie erzeugen. Es sind Farben, welche die Welt bunt erscheinen lassen. Wenn ich hinunterschaue, auf den Vorplatz des Doms, sehe ich mir die Menschen an. Ich schaue in sie hinein und frage mich, ob sie Ähnlichkeit haben mit dem alten Mann. Ich glaube, ja und nein. Jeder ist anders, lebt anders und doch verbindet sie das Menschsein. Vielleicht spricht mich wieder einmal einer an. Ich wünsche es mir. Wir könnten voneinander lernen, die Dunkelheit vertreiben – und am Ende würden wir in die Himmel aufsteigen.

## Über die Autorin:

Die Autorin Angela Mackert, geboren 1952, lebt und arbeitet in Ettlingen. Als geprüfte Astrologin DAV ist sie Expertin für esoterische Themen. Ihr erstes Buch Grundkurs im Kartenlegen mit Zigeuner-Wahrsagekarten erschien 2007 im Südwestverlag (Random House) und 2012 in neuer Auflage im Bassermann Verlag (Random House). Im Selfpublishing brachte sie daneben Astrologie-Lehrbücher heraus, sowie Bücher zum Thema: Kartenlegen und Wahrsagen.

Die Autorin schreibt auch spannende Romane und Kurzgeschichten, die oft von einem mystischen Flair durchzogen sind. Ihre »Antiquerra-Saga«, eine Fantasy-Romanreihe, die ab Januar 2016 herauskommt, ist auf vorläufig fünf Bände ausgelegt. Ihr Krimi: »Ein tödliches Geheimnis« könnte sich ebenfalls zur Reihe auswachsen, denn es gibt bereits ein Konzept für einen zweiten Band um die Mord aufklärende Kartenlegerin Antonia Hain. Viele weitere Notizen zu geplanten Romanen und Kurzgeschichten hat Angela Mackert noch in der Schublade liegen, und das ein oder andere davon wird ganz sicher im Lauf der Zeit noch veröffentlicht werden

Mehr Informationen zu den Veröffentlichungen der Autorin unter:

www.angela-mackert.de